老いの贅沢

曾野綾子

河出書房新社

老いの贅沢＊目次

第一章 残された時間は贅沢品である

――人生の無駄を捨て、自分にとって一番大切な部分に時間をかける。

第二章

憂鬱な気分を晴れやかにするために

――悩んでいる時間がもったいない！　会いたい人に会い、食べたいものを食べる。

第三章

老後のお金が不安になったら

——自分に必要なものを見極め、自分流の豊かさを求める。

第四章

食道楽が健康維持のコツ

——素朴な食材ほどおいしいものはない。
手をかけず、楽しみながら料理に取り入れる。

第六章

本音の人間関係を築くために

――嫌われることを恐れず、人を決めつけず、裏表がある世界を楽しむ。

第七章

夫婦関係に悩んでいるとき
――互いに自立した関係が基本。期待せず、でも信頼する努力を続けてみる。

第八章

老後の目標がわからなくなったら

——他者に与えることで、人間として残された時間を全うする。

第九章

死を恐れないための方法
——何歳に死んでもいいのかを決める。そうすれば後の人生が楽になる。

第十章

理想の自分に近づけないとき

――少し耐えて、少しいいかげんに。
万事とぼとぼやっているうちに、出口が見つかる。

ブックデザイン　鈴木成一デザイン室

老いの贅沢

第一章

残された時間は贅沢品である

人生の無駄を捨て、
自分にとって一番大切な部分に
時間をかける。

人間の一生は、せいぜい七、八十年

人間の一生とは言っても、せいぜいで七、八十年なのだから、その間は可能な限り楽しくなければいけない、といつも私は思っている。もちろん人間は疲れていても、眠くても、空腹でも、病気で気分が悪くても、楽しくなれない。しかし可能な限り、楽しく豊かな時間だと感じられるのが幸福の一つの形である。

冒険は、老年の特権

年をとるということは実にすばらしいことだ。雑学も増える。少々危険なところへ行っても、もうそろそろ死んでもいい年なのだから、自由な穏やかな気分でいられる。冒険は青年や壮年のものではなく、老年の特権だという私の持論はなかなか人には納得されないが、私はおかげでおもしろい生活をし続けている。

老年の取り柄は人生の持ち時間が長くないこと

最大の取り柄は、私の人生における持ち時間（つまり寿命）がもうあまり長くないということだった。だから、よくても悪くても、深く喜ぶ必要も嘆くこともない。今日がほどほどにいい日なら、それでいいのである。

この先、生きる日々が長い人（つまり若い人）なら、体を治すことに全力を挙げる方がいいだろう。しかし人生半ば、あるいは三分の二は過ぎたという人なら、もうあとの人生は惰性で生きてもいい。

老いは凡人にも与えられる貴重な時間

怠け者でも、長生きをすれば、それだけ勉強もできる。老い、という言葉は複雑だが、凡人にも与えられる貴重な時間のことである。

正直なところ、私は天下の秀才だけしか辿りつけないような境地にはあまり興味がない。しかし黙々と何年も、日々の努力を重ねると、誰でも行きつけるかもしれない地点なら、関心がある。もしかして私も長年、その道を歩いて行けば、目的地に到達できるかもしれない、と夢見られるのである。

幸福は今、この瞬間に存在するだけにすぎない

家庭の幸せも、自分の健康も、社会的な地位も、国家間の平和も、何がしかの財産も、それらは今この瞬間私たちの手に預けられているにすぎない。それらのものが取り去られるかもしれないことに対して不安を覚えるならまだしも、それらがいつまでも続くように思って暮らしていられる人を見ると、どうしてそんな甘い気持ちになれるのかパウロは理解に苦しんだのであろう。

死んでもいいからこうしたい、という選択

私は今までに何回か、「なになにができたら、私は死んでもいい」という言葉を人の口から聞いた。私はまだ卑怯にも、その時になって果たしてほんとうに死んでもいいと思うかどうかわからないから、と自分を疑っているので、冗談にもほとんどその言葉を口にしたことがない。

しかし高齢者が増えたり、趣味がこうじたりすることが許されるような社会になったら、死んでもいいからこうしたい、という人間の選択はもっと尊重されてもいいように思う。

ラクダ乗りを楽しんだ九十六歳の女性

身障者や高齢者と、私は今まで二十回近く、イスラエルやローマなどへ聖書の勉強

を兼ねた旅をした。私は中でも二人のことを思い出す。（中略）
この中年の婦人も、九十六歳のすばらしい女性も、実は後でいろいろな話を総合すると、万が一以上に、死んで帰ってくるのではないか、と覚悟していたようである。しかし幸いなことに、二人とも、「小さな箱に入って」帰ることはなかった。四十代は旅行前より、身体的状況がよくなり、九十六歳は若者に抱えられて三十分もラクダ乗りを楽しんだ。ラクダ乗りは少しもラクではないのだが、この方は、人生は皆どこか辛いのが原型なのだ、と知って楽しんだのかもしれない。

人生を濃厚に生きる道

自分が何をしたかを、できれば克明に認識することほど、人生を濃厚に生きる道はない。こののっぴきならない状況でたった一人の神と相対する時、人間は否応なく、掛け値のない自分と対決することになる。それは、本音と嘘をついている自分とが、その瞬間瞬間に克明に見えることでもある。人間は基本として「間違えるもの」なのだから、この操作によって自分の醜悪な顔が見えても、それほどショックを受ける必要もないと思うのだが、それを損ととる人が日本にはけっこういるのである。

使命を果たした後の時間

過去を振り返ってみると、私にはいつもささやかな使命があった。身近の人たちを、今日一日安全に、清潔に、暮らさせる方途を考える責任は、何十年もの間いつも私の肩にかかっていた。

使命があるということは、疲れもするが光栄も与えてもらったということだ。それで私は最近大きな顔をして、閑《ひま》さえあれば怠けて、目の前を過ぎていく時間を見ているのである。

限られた時間の中で、要らないものは切り捨てる

人間の一日も人生の長さも、限度がある。限られた時間の中では、要らないものは常に切り捨てなければならない。取り入れることと取り入れを制限することは同じぐらい大切な操作だ。自分に要るものだけを取捨選択できる人が、これからはプロになるだろう。

捨てることが道楽

頭脳だけでなく、行動、空間、物質すべての整理で今や私は救われていた。要るものと要らないものを素早く区別し、要らないものを（物質にせよ、感情にせよ、人間関係にせよ）捨てることが私の生活を救った。私の道楽は捨てることになった。読み終わった新聞、古い雑誌などは、決められた階段下の空間にすぐ運んでおく。古い資料、いただいた手紙、その他、あまり考えずに断裁機にかけた。私はむしろ整理魔であった。床にモノをおけば夫の朱門の歩行に差し支える。だから家の中にはモノがあってはいけない。道場のようにがらんとしていなければならないのだ。

天下晴れて家でごろごろは贅沢の限り

地位にしがみつく人は決して金に執着しているわけではない、というのである。

（中略）

すると私が質問した人は、理由は二つだと笑いながら答えてくれた。

一つは、毎日行くところがなくなるからだ、と言うのである。私はどうしてそれが辛いのかよくわからない。天下晴れて家でごろごろしていていい、などという境地は、今まで本を読む時間がない、展覧会を見に行く暇がない、と思って一生を過ごしてきた私には、贅沢の限りである。（中略）

もう一つの理由は、失脚が辛いのだという。抽象的な意味ではない。文字通り運転手さんのついた車を失うという失脚がいやで、ポストにしがみつくのだと言う。これはすばらしい説明でよく笑えた。

昼間から眠れる生活は大した贅沢

その疲労は初め疲れとも自覚しないものだった。ただ昼間から眠れる。絶えず何かしなければならないものがある、と思って長年暮らしてきたのに、一時期昼間からそのクビキが取れたように、眠れた。眠ろうと思ってもいないのに、眠ってしまう。自分の年を考えれば、これが自然の老化現象だとも思えたし、昼間から眠れる生活をさせてもらっているのは、大した贅沢だと思うべきだぞ、と自分に言い聞かせもした。

深く迷い、苦しみと楽しみの双方を愛する

できればたくさんの本を読んで、複雑な判断と心情のわかる人になってください。肉体と魂の双方から、人生に迫ってください。深く迷い、苦しみと楽しみの双方を愛

してください。一つのものごとの表向きの評価だけでなく、反対の側面の持つ意味をも、同時に見つめられる勇気を持ってください。

生をいかに激しく燃焼させて使うか

今日の受賞者の中には、実に五人もの亡くなった方々がおられます。実は、そのことを私が人に話しますと、中には、

「えっ、受賞が決まったのに、式の前に亡くなられたの？」

という人が少なからずいたのです。そうではありません。これらの方々は、自分の命を差し出して、他人の命を救おうとされたのです。このような方々がおられる、ということは、どの民族にとっても誇りです。私もここにお一人お一人の生涯を長く記憶し、深い尊敬を払い続けたいと思います。人間はすべていつかは死ぬものですが、生をいかに激しく燃焼させて使うかどうかだけが人生の成功か不成功かを決めるものでしょう。

中年が、これほどおもしろいとは

正直なところ、悠子は、中年というものが、これほどおもしろい時代だとは思わなかったのだった。かつて、二十歳の娘だった頃、四十代というものは、信じられない遠い未来としてしか想像できず、四十代の人間というものは老化した化物のような人間としか思えなかった。しかし今、二十代をふり返ると、（中略）あの頃自分は何というもろい、形式主義者だったたか。人間の善意は相手にも善をなし得るとか、努力は必ず報いられる、などと信じていた甘い娘であった。

生きている地球の営みを眺める

私は朱門が寝たまま（意識があればの話だが）ベッドの上から、月や、中原街道と呼ばれる幹線道路の自動車のヘッドライトが生き物のように流れる様子を見られるように、細かくカーテンを調節した。朱門も夕日や朝日や、町の雑踏を見るのが好きだった。生きている地球の営みの姿を眺めていられるということは、一種の贅沢なのだ。

家事と昼寝と読書の時間

私はまたシンガポールに逃げ出してきている。（中略）何よりもこの消費都市が私にとっていいのは、ここでは電話も来客もないから、本が読めることだ。「東京ではどうしてあんなに本が読めないのかしら」と思う。私はここでも一応掃除、洗濯、簡単な炊事を毎日やっている。昼寝もする。それでも読書の時間がある。長短、硬軟、取り混ぜて何でも読める。

手当たり次第の読書の効用

病人の世話をみなくてもよくなると、私の時間は信じられないほど増えた。原稿はいくらでも書けた。

つまり理由は別として、私は「暇になった」のである。そうなると、夜、友達に電話する、ということを思いつくかもしれない。

しかし……と私は考えた。友人も、私が寂しいだろう、と思って相手をしてくれるだろうが、その手の甘えた時間のつぶし方は、何となくだらしなく思える。

私は夜の時間の読書を回復した。あまり計画的とは言えなかったが、手当たり次第に読んだ。週刊誌から神学の雑誌まで、読むものがあるということは幸せだった。雑誌は、あらゆることが書いてあるから雑誌なのだし、神学はその対極にある。まさに精神の平衡を保つのにはちょうどいいように思えたのである。

退屈することは人間の証

私が子供にテレビを買ってやらなかったのは、一つには彼が充分に退屈という人間的な心を知るべきだと思ったからであった。動物は退屈などしないだろう。退屈するということはそれだけで人間の証《あかし》である。退屈すれば人は自然に本を読むようになるし、ものも考えるようになる。友達と遊ぼうともする。退屈は、自分の運命をよく考えて選ぶ基本的な状況である。そして実際、息子は暇を持て余して、本でも読まなければ時間の潰しようがないから、読書の癖もついたのである。

外国で美容院に行く趣味

私はこの頃、外国で美容院に行く趣味ができた。おしゃれも面倒くさいし、私の髪は五秒で整うほどのものぐさスタイルで自分でセットもできるのだが、美容院の効用もけっこうあることを知ったのである。

何しろホテルのベルボーイなどに聞くと、どうもほんとうにおいしいレストランを教えてくれない。先日もパリで、いかにも観光客向きのカフェを教えられて少し腹を立てた。

その点、美容院へ行くとたいていの男性の美容師が自分のいきつけのいいレストランを教えてくれる。

冠婚葬祭からは引退する

人の結婚式に出て後が疲れてしまった。人の葬式に出て、それが寒い日なので、風邪を引いてしまった。そういうことがないように、一定の年からは、少なくとも冠婚葬祭からは引退することを世間の常識にしたらいい。自由で幸福な生活は、そんな簡単なことでもかなり叶えられる。

電話よりご飯が大事

外国に行くと、この国の辞書には「遠慮」などという単語はないのだろう、と思わせられるような国民性も多い。誰もが自分の利益のために執拗に言い張り、一歩も譲らず、相手の立場は決して考えない。そういう世界で生き延びようとすると、図々しい私でさえ、時には疲れが溜まってくる。

そういう時、ふと遠慮がちだった古い日本人が懐かしくなる。こちらが「かまいません」と言っているのに、さらに遠慮するような人も面倒くさいが、昼ご飯の最中にもかかわらずしつこく電話を鳴らされると、私は恐ろしい顔をして「電話よりご飯が大事」などと言うのである。

運命や絶望を見据えた先の希望

運命や絶望を見据えないと、希望というものの本質も輝きもわからないのである。

現代人が満ち足りていながら、生気を失い、弱々しくなっているのは、多分、絶望や不幸の認識と勉強が徹底的に足りないからだろう。

第二章

憂鬱な気分を晴れやかにするために

悩んでいる時間がもったいない！
会いたい人に会い、食べたいものを食べる。

がらんとして何もない部屋で

「これが故人の部屋でございました」

と誰が案内するのか、私の死後のことだからわからないけれど、案内された人はそう言われても挨拶に困るような状態にして死にたい、と私は希っている。

つまりがらんとして何もない部屋だ。机の上には市販のボールペン数本と電子辞書、執筆用のメガネくらいしかない。未開封の郵便も、読むつもりなのか廃棄処分にするのかわからないような本もない。

後は当人が廃棄されるだけというすばらしい光景である。

会いたい人にだけ会って、おいしいものを食べて

「先が長くないんだから、会いたい人にだけ会って、おいしいもの食べて、勉強して

いたいわよ」

ボクはじっと聞いていて、最後の「勉強云々」のところだけは、実にとってつけたようだと思った。つまりおばさんは、ほんとうは、「尊敬すべき人に会って、おいしいもの食べて、あとはごろごろ寝ていたい」のである。

希望は努力して取ってくるもの

インドの未来は希望に溢れています。しかし希望は虹ではありません。待っていると、或る日夕立がきて、その後の空にかかる虹のように、偶然や僥倖を当てにしていて見られるものではありません。

希望は努力して取ってくるものなのです。ロヨラ・スクールは、インドと日本の純粋の善意と友情から生まれました。このような幸運はめったにあることではありません。この友情の芽を大切に育ててください。そしていつか日本が困難に立たされた時には、今度はあなた方が日本を助けてください。

しわ取りクリームよりリンパのマッサージ

このごろリンパのマッサージを受けている。非常によく効く。六年前の骨折は完全に治った、と思っていたが、その間足を動かさずにいた後遺症で、あちこちのリンパ節が小さなこぶのように腫れたままになっていた。それを少しずつ崩していくのが、何ともいい気持ちである。

考えてみれば体だけでない。精神も強張り、巡りが悪くなると大変だ。顔にしわ取りクリームを塗るより、骨の位置を正し、リンパの流れを良くする方がずっと若さを保てるはずだろう。

もう少し猫の生活を見習ったらどうか

この家も表はまあまあ人並みであるが、裏は実に汚く乱雑である。捨てるものをちゃんと捨てていない。もう少し猫の生活を見習ったらどうかと思う。その点猫は身辺まことにきれいである。縄張り以外、私有物というものを一切持たない。

心やましい部分がないと、人間になれない

私は後年、ある座談会の場で、作家の一人が、「僕は生涯に、罪なんか犯したかなあ」と言う場面に遭った。罪といってもいろいろある。殺人、放火、窃盗などの明快な罪は、今までのところ私も犯したことがない。しかしサボリ、手抜き、わざと忘れてほうっておくこと、不誠実など、「微罪」は無数にある。

別に前科者同盟を結ぶわけではないが、人間、いささかは心やましい部分がないと人間になれない。果物でいうといたんだこの部分が、果実の味にあたる人間総体の魅力を促し、何より他者に寛大にもするのである。

心躍る人生を語る老人

私もそろそろ一世紀近く生きてきて、改めて感じるのは、人は長い年月一つの目標を目指して生きれば、誰でも必ずその道の専門家になれるということだ。

何十年も同じ仕事を続ければ、人は必ず熟練者になる。経験も、知己も増える。その分野について語る物語も多くなる。

それだけで魅力的な人物だ。

そういえば「心躍る人生」を語ってくれる老人が最近はいなくなったのだ。その人の話を聞いて、マッターホルンに登ろうとか、カリブ海を航海してみようとか思わせてくれる人にも会わなくなった。

週刊誌は、人が一生にもらえるお金の総額は特集で伝えるが、夢は取り上げない。それは雑誌の編集長に才能がないからなのか、編集者に夢がないからなのか、と言われると、私は編集者たちに責任を負わせたいような気がしてならない。

自閉的生活の中で、現世を忘れるために

自閉的生活の中で、私はいろいろなことを考えたりしたりした。本も読んだ。空想もした。現世を忘れるには、こうしたことが有効だった。死も、子供の時から毎日いやになるほど考え尽くした。

人間は他人にはなかなか理解されないものだ、ということも身にしみて体験した。だから理解されなくても、恨まないようにしようと思った。

妄想が、創造的な世界を生み出す

昔、学生の生活では、することが全くない時間がいっぱいあった。ほんとうは学問をするための時間であったのだが、学問はしたくなかったのである。

しかし遊ぶには、小遣いが足りなかった。だから若者は、止《や》むなく家で寝そべって

古本を読んだり、妄想に近いことを考えたりして時間つぶしをしていたのだ。しかしこの妄想が、時には未来に創造的な世界を生み出す力を持つことがあった。明らかな暇は、決して不毛なものではない。それはあらゆる世界を創造し得る豊饒《ほうじょう》な大地だったのである。

高齢の病人には文通する青年を

家族のない高齢の病人には、「若い友人」とでも名付けられるようなボランティア組織が、時々その人と文通をする青年を捜してマッチ・メーキングをしたらいい。あるいは、高齢の病人に、もっと高齢の病人の心の支えになる役目を、入院のまま振り当てることさえ可能になる。今の病院の制度はあまりに無能すぎる。

インドの川を見つめて生きる人

私はそこで、一泊百円ほどの安宿に泊まって漫然と暮らす何人かの日本人の若者たちに会いました。彼らの多くは自分で働いてお金を溜めてインドにやって来て、中には三年も四年もそうして川を見つめて生きている人もいるのです。生生流転の人生の様相を目の当たりに見つめる日本人の若者たちは、或る意味では真剣な人たちでした。

ヒンドゥやイスラム社会の受け止める死

いつも思うことだが、ヒンドゥ社会やイスラム社会の受け止める死は、日本人よりずっと自然で覚悟ができているような気がする。

死だけではない。人生で起こる他のことに対する姿勢も、どこか日本人と根本的に違う。どこが違うかはっきりしないのだが、私が無理にはっきりさせることはむしろ越権であろう。その違いを自由に見つけてもらうことが、個人に対する敬意になるはずだ。

若者に質素な共同生活をさせる夢

私の考えは、一年間、若者に質素な共同生活をさせることだった。ケータイを取り上げ、大部屋に寝かせ、テレビは共同のものを一台だけ、同じものを食べさせ、その人に適した肉体労働をさせる。戦時中もそうだったが、病弱な人には免除があるが、どんな心身障害者でも奉仕に加わりたいと言えばそれに合う仕事を探す。

葬式の音楽は、官能的なものにしたい

私の葬式の時は、こうしてほしいと、いくつか言ってあるの。たとえば、桜餅の箱のような紙のお棺がいいとか……。（笑）

音楽も流してほしい。曲目はまだ決まってないけど、バッハの『マタイ受難曲』なんていうのはやらないゾ。もっと官能的なものにしたい。（笑）

自分を深めるのは、どれだけ人生に感動したか

音楽でも深く感動する。書物でも胸が高鳴る。理由は同じである。人生を発見して、自分が深くなったような気がするからである。それは錯覚かもしれない。しかし自分を深めるのは、学歴でも地位でもない。どれだけ人生に感動したかである。

通俗を侮蔑するのは思い上がり

一日中、中国旅行をしている間に来るはずの原稿の締め切りを早めるための書き溜め。少し疲れて、夜はオーチャードホールで東京フィルハーモニー交響楽団の定期演奏会を聴きに行った。ドボルザークの序曲『オセロ』、『チェロ協奏曲ロ短調作品一〇

四』、『交響曲第七番ニ短調作品七〇』を聴く。「偉大な通俗」という言葉をしみじみ思う。「通俗」ということを日本人は否定的に使うが、「通俗を侮蔑する」のは単なる思い上がりということだろう。

稔やかに年末を迎えられたことに感謝

今年もまた穏やかに、年末を迎えられたことに深く感謝する。悲しい年もあったが、今は少しいい。帰りは知人とお喋りをしながら、温かいクリスマスの夜道を歩いた。

畑の作物に学ぶ、時の大切さ

作物は、人間と違って、誰の顔色も見ず、誰におもねることもなく、必要な時間をかけて自分を成長させた。いくら急かしても、野菜は急いで大きくなってはくれなかった。人間は常に待たねばならなかったのである。

ものごとには必要な時間というものがあるのだ、と私は体で理解した。すべてのものには、時が必要だ。

砂漠の民は、僅かな雨にも天国を見る

今の日本人は、喜ぶことがほとんどない。「喜べ！」などと言われると、「何を喜べって言うのさ」と腹を立てる。お金も物もあって当たり前。足りないのが不満という図式である。それというのも、日本人は荒れ野と対極の豊饒の中にいるからである。

時々私は雨の日に「これを砂漠の国の人が見たら、あまりにも不公平だと言って怒るだろうなあ」と思う。（中略）

砂漠の民は僅かな雨にも天国を見ることができるのに、豊かになると人間は手にしたものを幸福に思えない。日本人の悲劇はまさにそこにある。

第三章

老後のお金が不安になったら

自分に必要なものを見極め、
自分流の豊かさを求める。

二千万円貯金がなくても

最近、老後に二千万円の「手持ちのお金」が必要だという話が、世間で話題になっている。誰によってなされた試算かわからないが、もちろん経済の実情に詳しい専門家によって算出された数字だろうから、世間も少し騒いでいるのだろう。「あわてて貯金」組も多いかもしれないが、我が家の夫がもし生きていたら、「ボクは下着のパンツとシャツしか買わないから、百万円でも余るくらいだ。古着がいっぱいある衣装持ちだから、百五十歳くらいまで生きても不自由しない」と威張って言うだろう。

（中略）

老年に二千万円貯金がなくても、飢え死にする人はないだろう。人間の心というものは、すばらしい柔軟性を持っていて、そういう不運な人が身近にいれば、誰でもおにぎり一個差し出すものなのだ。地球は人が恐れるよりはるかに長いレンジでものを見て解決する聡明さを持っている。

お金を出さずに楽しめる方法

年をとると、多かれ少なかれ甘いものが好きになって、ケチになるのだそうだ。甘いもの好きの方は比較的対処が簡単だ。もう人生のいいところは生きたのだから、後は食べたければ食べて命を縮めればいい。しかしケチの方は少し厄介である。何でもとにかくお金を出すことはいやだとしながら、やはり生きていかねばならないからだ。

だから私は、お金を出さずに楽しめる方法というのを、今のうちに、いくつか考えておくことにしたのである。

第一の方法は、タダで外出先を見つけることである。方法としては、教会通いと法廷の傍聴がある。教会通いは、まあ私の内面のことだが、裁判を聞くのは、テレビドラマを見るよりはるかにおもしろい。しかも入場料タダ。法廷は劇場以上に冷暖房完備。清潔、静寂。食堂・売店安価。

第二の方法はもうそろそろ始めているのだが、古い新聞の切り抜きを読む楽しみ、である。そのきっかけになったのは、息子が大学生の頃、うちにあった新聞の復刻版に読み耽っている姿を見た時である。もちろん古い新聞は彼の生まれるはるか昔のものであった。

安くて喜ぶ風潮は薄気味悪い

最近つくづく思うのは、不条理なほど安い品物が増えすぎたことだ。先日地方のスーパーにスリッパを買いに行ったら、一足二百九十円である。その話を大金持ちにしたら「その人も買いたがっていたよ」と夫は笑っていた。小売価格が二百九十円という値段を考えてみると、製造の段階で、搾取《さくしゅ》とか、重労働とか、何か願わしくない状態が隠れていそうにも思う。

ものごとには道理の範囲というものがあるはずだ。安ければいい品質は望めない、という一応の理屈を、消費者もはっきりと意識するべきだろう。そんな簡単なことを、教養のあるいい人たちが考えずに、安ければ喜んでいると薄気味悪い。

「ただもらい」に馴れると、後が恐ろしい

「ただもらい」に馴れると、後が恐ろしい。今の日本で一番欠けているのは、「与えること」に歓びを見出す人間らしい精神を鼓舞する気風はほとんどなくて、受けるのが人権だ、などと教えた貧困な教育の結果だけが目立つことである。

シンガポールに別荘を買うという道楽

私は若い時から、東南アジアのあの暑さに惹かれていた。だから例にもれず六十歳の頃、シンガポールにしては珍しい木立の中にある古いマンションを買って、約二十年間よく使った。そのマンションを売ったのは、私がそのマンションを充分に使い切

る体力を失った八十代の初めである。

七十代から八十代あたりに、人生の山が来る。登り切って息が続かなくなる。そこで人は山を降りる算段をする。私もその典型だった。

ただありがたいことに、別荘を買うという人並みの道楽のおかげで、私はシンガポールでアジア人の混成した暮らしを体験したし、少し英語の本も読んだ。いい勉強であった。

サハラ縦断の旅で得た生きる技術

私は五十二歳の年にサハラ砂漠を縦断した。パリを出発して象牙海岸まで約八千キロ、三十五日間。四駆二台。電気と機械の専門家を含めて六人はすべて運転と何らかの語学ができるのが条件であった。

（中略）

私は五日間、歯も磨かず顔も洗わず着替えもしなかった。砂漠の乾燥の中では少しも気持ち悪くない。入浴や着替えのために使っていたすべての時間を、ノートをつけ、文明とは何かを考え、流れるような満月の月光に洗われながら眠った。無事に帰るまでの間、私たちは徹底して砂漠に対する畏敬を抱き続けた。私は生き残るための技術を身につけた。それが砂漠のくれた最大の贈りものであった。

精神の自由を拡げるために砂漠に行く

私は自分が僅かの暑さ、寒さでも、すぐ精神がだらけたり、縮こまったりするのを知っている。滑稽にも、お腹がちょっと空いただけでも、もう怒りっぽくなり、ご飯を食べると掌を返したようにおっとりする浅ましさにも気付いている。すでにそのような低次元の状況からしても「不自由人」である自分を確認するために、そしてもし可能なら、いかなる苛酷な状態にあっても、精神の自由の範囲を少しでも拡げるために、私は砂漠に行くのである。

旅か家のどちらを選択するか

旅は本来、不便で、思い通りにいかず、何ほどかの危険や損失を受けることを含み、くたびれるものなのである。それを承知して、それでも新しい体験を取るか、それとも、そんなにお金がかかってしかもくたびれることはせず、ずっと家にいるか、それはその人の選択なのである。

お金はほんとうに使いたいと思うことに使う

お金だけあれば、そういうことができるわけではないのだ。私はそのことをよく知っていた。基本は友情である。サハラ縦断の旅は六人の仲を決して裂くことにはならなかった。六人は、今でもよく会ってはお酒を飲んでお互いの面前でワルクチを言い合っている。その時から、私は自分がほんとうに使いたいと思うことには、家族や周囲や世間に対する感謝を忘れずに使うことにした。

どれかを取ってどれかを諦める

人間はどれかを取ってどれかを諦めれば、許してもらえるような気がする。何もかも、という強欲がいけない。しかし人に迷惑をかけない範囲で好きなことをしていれば、それは世間から「愚かな道楽」という程度で許されることが多いように思う。そのどれかをはっきりさせるのが中年以後なのだ。

貯金通帳の額は増えたり減ったりするのが健全

増やしたり減ったりするのが、人間の営みである。貯金通帳の額だって、一定の範囲で増えたり、減ったりするのが健全だ。しかしその場合でも、つまりお金でも、ありすぎないことが健全でいい、と私は思う。

痩せすぎも太りすぎもいけない、というのは、体重でもお金でも当てはまる。しかし適当に変動があるのが、これまた健康な人生の姿なのである。

「出ずるを制して」無駄な出費を減らす

世間では、お金を溜める方法として「出ずるを制して」という。まずお金遣いの荒さを矯《た》めて、無駄な出費を減らす。そうすれば収入は大して多くなくても、お金は溜まりがちだということだろう。

「産をなす」と言うと、まずたくさん儲けることが前提になっているように思われがちだ。もちろん収入ゼロでは溜まるわけはない。しかしどんなに儲けても、それ以上使えば、やはり溜まらないわけだ。

葬儀費用は全部で五十万円以内

（義父の葬式で）葬儀屋さんに支払ったのは、二十四万円ですって。それに私たちは戒名やお香典返しは不要でしたから、すべて雑費をひっくるめても、五十万円にはならなかったと思うわ。

遺影は飾らない

葬儀屋さんは「写真は飾りません」と私に言われると絶句していた。恐らく「お客」の中で、遺影を飾らないと言ったのはうちくらいだったのだろう。遺影だけではない。お棺を置く台とその上に掛ける黒い布以外、葬式用の飾りは一切いらないと言ったのである。

（中略）

遺影を飾らなかったのは修道女のお葬式の真似をしたのだ。お葬式に来るほどの人なら、皆心の中に、旅立って行ってしまった人の遺影を持っている。それは、死者が自分と最も深い関係を持っていた瞬間の面影である。

理想とは程遠い現実と折り合う強さ

いつか、家庭というのは家と庭があってこそ家庭なのであって、庭もない狭い場所で穏やかな家庭なんかできるわけがない、という説を唱えている方もあったけれど、私はアパート暮らしでも、楽しい家庭をいくらでも知っている。

私たちの生活は、皆、どうにかやっているというものだ。理想とは程遠い現実と折り合って暮らしている。しかし折り合えることが、健やかな強さの証拠である。

夫のへそくりで買った子猫

偶然その日、私は三浦半島の海の家に行き、帰り道に地方の量販店のペット売り場で、一匹の子猫を見つけた。一応スコティッシュフォールドという名前の血統書付きなのだそうだが、雑種だと言われても、「ああそうか」と思うほどの平凡なトースト色で、ただ耳がへたりと折れているのだけがご愛嬌なのであった。

私は夫のへそくりで、この子猫を買うことにした。十二万円では少し足りなかったが、それは私が自分のお財布から足すことにした。

そういう経緯で「直助《なおすけ》」と名付けられたこの子猫は、我が家の一員になった。

お寺にお賽銭を入れる意味

国家や社会の救援も必要だろうが、同時に親戚や町の人や友人が、自分の食べるご飯を減らしてでもその人のために醵金《きょきん》して助ける、というのが「古来も、そして未来も」人を助けることの基本である。動物はほとんどそういう意識的な手助けをしない。人間だけがそれをする。いわばそれが意識の上での人間の証《あかし》である。

私はカトリックだが、仏教のお寺にお参りしても、手を合わせ、僅かなお賽銭を入れる。お寺で心を救われる人も多いのだ。ありがとうございました。お寺をこうやって維持なさるのも大変でしょう。でも苦しんでいる人たちのために、今後もどうぞよろしくお願いします、という気持ちである。だから茶道具に凝ったり、お茶屋遊びをしたり、女性を囲ったりするようなお坊さまとは、口をきくのもいやである。

寄付は追跡できる場所に送る

世界中やアフリカ中を救うことはできないのだから、私は民間からの善意のものやお金は、はっきりと貧しい人々のところへ行くことが見極められる場所からまず送りたいと思う。監査をするというのは自由主義社会では当然のことだから、失礼に当たらないように気をつけながら「うまく行ってますか」と覗かせてくれるようなところだけを選んで送る方向に限定したいのである。

金がなければ買うな

金がなければ買うな、というのは欲望を抑える一種の教育であり、道徳であった。しかし今では蓄財の技術が、道徳など押さえつけてしまっている。自分の家を買うというような、一生に何度もないような重要な場合を除いて、「金がなければ買うな」という自然の生き方を親も社会も口にしなくなっていたのだ。ローンというのは、赤字国債と同じで、問題の「先送り」をしていることである。

老人介護にはお金と人手がかかる

一人が一月二千五百円ずつ払うことに、抵抗のある人も多いだろうが、私は少し働いて稼いでいるから、出させていただくことは少しも反対ではない。しかし保険料を払えば介護してもらえると思うのは全く甘いだろう。ああいう制度を思いつくのは、老人を介護したことがない人だろうと思う。

私の母は一時、枕元のベルを十分おきに鳴らしていた時期があった。何の用かと思って行ってみると、頻繁なおしっこのこともあったが、「ただ鳴らしてみたの」と言うこともあった。実の子供なら、それで腹を立てても、「意外とまだ悪知恵があるんだな」と喜んでもどちらでもいいのだ。しかし介護保険となると、行ったか行かなかったかで問題になるだろう。

お金があっても人手はどうにもならない、というのが、私の苦労だった時代もある。

義理で無理をすることはない

六十の定年を過ぎたら、いや六十五で老齢年金をもらうようになったら、いや七十を過ぎたら、（つまりいくつからでもいいのだが）もう浮世の義理で何かをすることからは、一切解放するという世間の常識を作ったらどうなのだろう。もう人生の持ち時間も長くないのだし、健康に問題が生じても当然の年だし、義理で無理をすることはない年なのである。

自由になる自分のお金の範囲で楽しむ

とにかく自由になる自分のお金でできる範囲で楽しむことだ。ヒモ付きの金なんてみじめなものである。子供の時母の作ったおにぎりを持って近くの多摩川原に行き、ピクニックをしたことが何であんなに楽しかったのかと思うが、その記憶は私の行動の原点である。

第四章

食道楽が健康維持のコツ

素朴な食材ほどおいしいものはない。
手をかけず、楽しみながら
料理に取り入れる。

お粥に青菜を入れて食べたい

私は時々、自分の体が食べたいものを告げているように思うことがある。或る冬の朝、私は普段好きでもないお粥《かゆ》に青菜を入れて食べたい、としきりに思った。昔お正月の七日に、古い習慣のある私の実家では、律儀に七草粥を作って食べた。

カップ麺で吐き気が治った

夕食の頃、私はひどい吐き気を覚えた。ようやくその夜泊まるテントに入ると、そこに日本からの救援物資のカップ麺が積んであった。

「あれをいただけますか？」

と私は尋ねた。

「どうぞ、どうぞ。あれなら食べられる？」

と聞かれて、私は貴重品のカップ麺を一個もらった。お湯を入れてスープを一口飲んだ途端、と言いたいのだが、恐らく数分はかかったろうが、私の吐き気は治っていた。

塩分の不足は、暑い土地では怖い。日本では塩分が不足する事態になどならないのだが、アフリカでは、私は何度か同じ体験をした。

ぶり大根を古い陶器に盛る

私は着物道楽はあまりしなかったが、同じ頃、食器に凝るようになった。骨董ではなくて、古道具の類なのだが、明治、大正、昭和の初期のものでも、現代の陶器にはない魅力がある。それで少しずつそういうものを買い集めた。そして毎日、それを使って食事をした。ぶり大根でも、里芋の煮っ転がしでも、少し古い陶器に盛って食卓に出すと楽しさが違った。

コゴミを植えてテンプラの材料に

目が見えにくかった間に、私はひたすらいろいろな木を植えていたのである。果実の木もあれば、花の木もある。柑橘類は二十本以上になった。素人は管理が下手なので、実をつけるまでの年月は本に書いてあるより長くかかったが、それでもかなりの収穫をあげるようになったのである。

その間、私自身も独学でいささか畑仕事に馴れるようになった。西洋シャクナゲが海風を頑強に嫌い、全く一年中木の下陰になる土地でも育つことや、東京の家の一番日陰になる石塀の傍《そば》にコゴミを植えておくと意外と素直に伸びてテンプラの材料に困らないことや、家の軒下は夜露が当たらないので植物は生育しにくいことになっているが、ジャーマン・アイリスだけは伸び伸びと花を咲かせてくれることなどを体験として知ったのである。

自分のテンポで生きる植物に学ぶ

自然の大きな特徴は、決して人間の都合で、芽を吹いたり、花を咲かせたり、実を熟させたりしないことだ。植物は完全に自分のテンポで生きている。人間はただその顔色を見て、収穫するだけだ。人間は武器を発明することで、あらゆる動物の中では一番強い者になり得たが、実はあらゆる植物を決して完全には統率していない。人はもっと謙虚になっていいのだということを、私は畑仕事から学んだのである。

苺四箱でジャムを作る

スリッパが古くなり数も足りないのがわかったので、スーパーに買いに行った。一足二百九十円である。セール中とは言え、どうしてこんなに安いのかわからない。また大根を薄揚げで煮る。苺《いちご》を四箱、五百六十円で売っていたので、ジャムを作ることにする。

採りたてのソラマメは絶品

ソラマメを採って食べる。こんなことをソラゾラしく日記に書くのも恥ずかしいけれど、採りたてのソラマメほどおいしいものはない。茹ですぎるのを警戒するだけ。普通なら六月に収穫するはずのソラマメが今年は、早く種を蒔いたので、早場野菜みたいに採れる。

デパ地下のお弁当に思う

そう言えば人間にも微量元素の足りないことがあるという。デパ地下や駅のスーパーなどには、今すぐ食べられるおいしそうなお弁当が山積みになっている。しかしそうした食べ物は、私たちが子供の頃、祖母や母が作ってくれた海の幸・山の幸（実はただか、それに近い食べ物）の料理のような、素朴な生命力に満ちた食事とは全く違うという。つまり素人風に言うと、微量元素が不足している食品かもしれないのだ。

恐ろしく簡単な瓜の栽培

三戸浜《みとはま》で暮らす。まだ味がほんものではないが、ミカンが採れ始めた。ハヤト瓜が百個近く採れた。

この瓜を初めて見たのはマダガスカルであった。シスターたちが「いくらでもなる便利な瓜」として食材に使っていた。

「恐ろしく簡単なのよ。棚になった瓜の最後の二つくらいを採らずに残しておくの。そうすると自然にぽとりと落ちて、翌年またそこから伸びた茎に、たくさん実がなるの」

私は怠けていても何かができるという話が大好きなので、日本でも種を売っていたのを幸い、蒔いてもらった。

するとき私が入院しているうちに蔓《つる》は勝手に近くの木にまではい上り、何十という実をつけ、台風でまた勝手に落ちた。味は冬瓜と似ているので、鶏のスープに入れ、片栗粉でとろみをつけるのもおいしいし、糠味噌にも漬けられる。

我が家で採れたサツマイモをおやつに

おやつには鉄鍋で、我が家で採れたオレンジ色や紫色のサツマイモを焼く。家中が焼き芋の匂いでいっぱいになり、友だちがやって来ると玄関を入るなり「アラ、お宅、お芋焼いてるの?」と言うありさまだ。隠しようがない。

タイ米のお粥

私は東南アジアでいつもタイ米を買って食べているのである。とれたての新米が一キロ七十円で買えるので、去年から、私の友人もその味を覚えて土産に買って帰っていたのである。日本のどこかの病院が「タイ米ではお粥も炊けない」などとトンチンカンなことを言っているのを新聞は報じたが、タイ米はチャーハンにもいいが、まさにお粥のための米であると言いたくなるほどおいしい。ものを知らないというのは、恐ろしいことだ。

塩辛いおかずとご飯

戦前、私の母などは、毎食ご飯を二杯半ずつ食べていた。おかずは今よりずっと少なかった。私の中にも、日本の農村が、まだ貧しかった時代の食物嗜好がきちんとインプットされていると感じることがある。つまりご飯さえあれば、そこに塩辛いおかずをちょっぴり添えて、いくらでも食べられ、それがまたたまらなくおいしい、ということである。あのような食生活の方が、地球の生き延びる知恵には合っているらしい。

うまさには二種類の要素がある

人間が口にするもののうまさには二種類の要素がある、と私は考えている。

一つのうまさは、素材のよさを生かした味である。新鮮な刺身がその代表と言える。ほかにも掘りたての竹の子とか、新鮮な菜っぱのおひたしとか、早春の蕗《ふき》の薹《とう》の香とか、材料の魅力に頼るものは数限りなくある。

もう一つのうまさは、素材は素材としてそれに手をかけて素材が全く別の味と形状を持つまでにする「料理」のうまさである。その代表が、フランス料理のソースやパテなどである。何をどうしたら、こういう味になるのか、素人には全く推測することもできない。

⚜ 世界中の料理が食べられる都会の楽しさ

都会の楽しさは、どこの国の料理でも食べられることである。もちろん本国の味そのままというわけにはいかないだろうが、かなりほんものに近い程度のものが、大都市なら可能である。

たとえば東京でインド料理を食べている人の顔を見ると、その国を好きになるというのは、このことだなあ、と思うほど自然である。可能性としては、インド人が嫌いで、インド料理だけ好き、という人もいないではないだろうが、たいていの人はその国を好きになると同時にその国の料理を好きになる。その国の料理を食べたがるというのは、つまりその国に対する「愛の証《あかし》」の面がないではない。それを可能にしてくれる都会はやはりありがたいのである。

料亭の料理をおいしいと思うのは、味に煩《うるさ》い人ではない

自分の家の質素な食生活を棚に上げて言うようだけれど、料亭の料理など、多くの場合あまりおいしくはないものだと私は思っている。私が今でも記憶している「おいしかったもの」は、一塩のさばの焼きものとか、我が家の畑で採ったばかりのソラマメの塩茹でとか、戦後に田舎の農家でごちそうになったじゃがいもの味噌汁とか、単純で精力に溢れたものばかりである。そして素朴で安価な献立だけれど、私はうちで毎日かなりおいしいものを食べていると思う。料亭の料理をおいしいと思うのは、料亭に行けた、という事実にこだわっている人で、味に煩《うるさ》い人ではないだろう、と思われる。

フランス人が焼いているパン屋のパン

おばさん一人が、おなかを空かせてパンを焼いて食べる。この女《ひと》は、外では澄ましているので、皆さぞかし、ハイカラな生活をしているのだろう、と誤解している向きもあるようだが、ボクの見るところ、要するにパンと米が好きなのだ。朝もパンとバターしか食べない。それを浅ましくも毎日のように、

「どうしてこう、このパンはおいしいのかしら。いい加減、飽きてもよさそうなもんなのにね」

などと言いながら食べている。この家の近くにフランス人が焼いているパン屋がある。そこの食パンなのである。

近江町の市場で贅沢品をしこたま買い込む

金沢ボランティア大学校の講演のために、朝の飛行機で出発。会場は中年以上の方たちで溢れていて、こんなに皆がボランティアに関心を持つ時代になったかと、感動した。

近江町の市場で東京人種としては、普段食べられない贅沢品や飢えている食料をしこたま買い込んで、夜は知人の家で楽しいパーティー。

塩をまぶすという保存の仕方

沖縄で、東京育ちの私は珍しいものを見た。豚の脇腹の肉とおぼしいものに塩をたっぷりとまぶしたものである。沖縄は東京より風通しがよくて涼しいと感じていたが、それでも外気温は三十度を超えているだろう。その中で、この塩漬けの肉は、冷蔵庫にも入れずに売られている。（中略）

この塩蔵豚肉はすばらしいおいしさであった。薄い塩水で塩抜きをしてから、私は二度茹でこぼした。適当な塩味を残していて、そのままでまずビールのおつまみにした。翌日は朝ご飯に、薄く切ってフライパンで焦げ目をつけて、ベーコンとして食べた。これもおいしかった。三日目には、新しい胡瓜ともやしがあったので、茹でて冷蔵庫の中に入れてあった塩豚を細く切って中華風のサラダにした。つくづく冷蔵庫なんかなくても、塩をまぶすという保存の仕方があったのだと教えられた。自然のいい塩が豚肉を却ってしっかりした味のあるものにしている。

神父の手料理のガスパチョ

それから、私は萩に行くことになった。そこに私のパパがいるのである。ほんとうの父ではないのだが、この大柄の私を「ミヒータ」(私のちっちゃな娘)と言ってくださるのは、イエズス会士でスペイン人のフェリス・ヴィエラ神父である。私が萩へ行ったのは、そのパパの金祝(神父になって五十年)のお祝いに出席するためであった。

八十三歳のパパは、その夜私のために、手料理でガスパチョ(スペインの夏の味覚と言われる野菜スープ）やシチューを作ってくださり、私たちは差し向かいでご飯をいただいた。それから満月の庭に出て、パパは信仰のこと、好きな日本人の短所など、さまざまなことを話してくださった。

蕨餅好きの夫婦

「奥さんは何しに来たの？」

私のところからはよく見えないけど、奥さんは旦那に一言も言わず、ただちょっと身をかがめて何かを手に持つと、すっとそのまま部屋を出て行ってしまったのよ。

「蕨餅《わらびもち》を取りに来たんだ。あの夫婦はどっちも蕨餅が好きなんだ。蕨餅を亭主が独り占めにしてるから、自分が欲しくなると、すっと来て黙って持ってく」

「それで旦那は？」

「自分が欲しくなると、また、女房のいるリビングに、『これもらうぞ』とも言わずに取り返しに行く」

「初めから、半分にしてそれぞれの部屋に置いとけばいいのにねえ」

ぼけ防止に料理は有効

中年以上の日本人は今、ぼけ防止のトレーニングをするのに熱心だが、私は二つのことが最も有効だと考えている。

それは旅行と、料理を含む家事一切である。

こっそり作って誰にもやらない朝飯の幸福

私の旅の多くは、文明、便利さ、豪華さとは、全く無関係の旅である。

「お湯の出るお風呂など期待しないでください。水で体を洗えればいい方だとしてください。修道院に泊まってもらいますから、ベッドが足りない場合には、床に寝袋を敷いて寝てもらいます。その覚悟をしてください。トイレは青空トイレで豪華なものです」

と毎年私の言う台詞《せりふ》は決まっている。（中略）

自分の個室がもらえるホテルに入れて電気の差し込み口がちゃんと効いていれば、十日に一度くらい自分好みのインスタントお粥とお味噌汁をこっそり作って、誰にもやらず、一人ですばらしい朝飯を味わう。そういうズルをする時、私は、人に分け与えることも幸福だけれど、人にやらないことも幸福だなあ、などと改めて考えながら、もちろんそんなことは誰にも言わずに口をぬぐっているのである。

第五章

病気や介護の苦しみから逃れたいとき

病人を生かすには、
ユーモアとお色気が必須。
笑いと性欲があれば、
苦しみから這い上がれる。

普通の人として生きてください

私は夫の朱門が療養生活に入っても、あまり労る、ということをしなかった。「普通の人として生きてください」と思ったのである。

コップを手に持つ力がほんとうになくなったから、他人が食べさせなければならない。しかしこぼしてもいいから、自分で持とうとしてください。

セーターを着られなくなったら、誰かが着せます。しかし長い時間かかってもいいから、何とか自分で着るようにしてください。

それは私も同じだから、であった。

鰤寿司一切れの朝食

私は一日中、朱門が少しでも食べそうなものを考えていた。朝起きると、朝食には何を出そうかと考えている。意外なものだと食べることがあった。鱒《ます》寿司を二切れとか、自家製の牛丼の具を、半膳くらいのご飯に載せたものもうまくいった。朝飯を食べながら昼と夜の食事を考えている。

病人には自由なものを食べさせたらいい

病人にはできるだけ自由なものを食べさせたらいい。それが食欲の出ることにつながる。一杯のコーヒー、小壜一本のビール、葡萄酒の一杯、お銚子一本、餅菓子一個、があると思うだけで、病人はどれほど夕方が明るくなるだろう。

五反田の彼女

間質性肺炎《かんしつせいはいえん》という病気は、肺機能の変質で治らないものと言われている。血中酸素が足りないから時々意識の混濁がある。自宅をなぜか五反田にある、と言い張るので、私は何度目かに、「五反田の家には、何という女の人がいるの？」とふざけて尋ねた。「五反田の彼女」の名前を聞かれると、朱門は黙った。数秒間、けなげな沈黙が続いたあげく、

「あやこさん」

と彼は答えた。いい加減に別の名前――花子さんとか葉子さんとか――を答えておいて後でとっちめられたら大変だ、と彼は酸素不足の頭でもとっさに考えたのであろう。病人とも思えない滑稽な頭のめぐらし方だが、そうしたユーモアに根ざした反応は実に朱門らしい反応でもあった。

消灯時間を押しつけてはいけない

消灯時間などというものは、非人間性の極、前世紀の制度の遺物である。病人は兵隊でも囚人でもないのだ。決まった時間に眠れ、などという規則には、集団管理を楽にして手間を省こうという魂胆が見え透いている。健康人にさえ残酷なことを、病人

に押しつけてはいけない。眠ければ人間は誰でもいつでも眠る。ことに眠っていい病院では、人は眠ることを遠慮したりしない。だから、眠れない時には起きているほかはないし、そういう時間を読書やテレビで有効に過ごすことが悪いことであるわけがない。病人であろうと健康人であろうと、起きていたければ、断じて起きている自由がある。その人が自分の時間を管理するのは、当然のことだからだ。

笑いと性欲があれば、苦しみから這い上がれる

病人を生かすには、ユーモアとお色気が必須のものである。笑いと性欲があれば、人間はたいていの苦しみから這い上がれる。女性を性の対象と見るのはいけない、というのが、この頃の進んだ女たちの流行らしいが、とんでもない話であろう。

病気の仕方も、病人の暮らさせ方も芸術

病む時も健康な時も、共にその人の人生である。病気の仕方も、病人の暮らさせ方もまた芸術になり得る。

苦難から、人はどう生きるかを学ぶ

苦難が人間を高めるという事実も否定できない。できることならば、苦労はしたくない。しかしどうしても避けられないことならば、その苦難から、人はどう生きるかを学び、しかも希望を失うこともないのである。

現代の教育は、教育の環境を整えること、つまり苦難を取り除くことに熱心である。もちろん、悪い環境を放置しておいていいというのではない。しかし人間はひどい環境だったからこそ、その中から学んで強くなったという例がいくらでもある。

生きるための健康や才覚が必要

五十歳の頃から私は視力を得て、再び新しい分野に首を突っ込むようになった。つまり、アフリカを始めとする途上国に頻繁に行くようになったのである。それは私に新鮮な世界を見ることを教えてくれた。

（中略）アフリカへ行き、アフリカでものを見るには、日本で暮らすよりほんの僅か、強靭な、生きるための健康や才覚が要った。ゆえに、その頃から私は自分の体を鍛え出した面がある。

機嫌のいいおじいさん、おばあさんでいる

老人ホームに行くと、「苦虫を嚙み潰したような」おばあさんがよくいるが、それは彼女がすでに人生に対する求愛の情熱を失っていて、お化粧もしなければ、少し目

新しいシャツを着ようという気もなくなったからだ、というばかりではないだろう。そのような老人は、つまり、常にどこか肉体的な不調があって、それに耐えるのに精一杯だからなのだろうと思われる。

しかし、老人になってたった一つ世間に報いられることは、せめて機嫌のいいおじいさん、おばあさんでいることなのだ。そうすれば、社会も老人たちの生活を維持することに、それなりの興味や情熱を持ってくれる。

つまり、意外なことだが、表現者としての私にとって、精神はお喋り者だったが、肉体は沈黙型であったということだ。

体の不調のおかげで庭先で野菜づくり

その時、私は茄子の煮付けや、トマトをただ切っただけのものや、かぼちゃの煮付けや、きゅうりのマヨネーズ和えなどを作っただけだろうと思うが、それでも夏の終わりまでに夫の背中の化膿はほとんど治まった。

（中略）ちょっとした体の不調のおかげで、私は庭先で野菜を作るという道に目を開き、それが結果的には無農薬や有機栽培につながることにもなったのである。

過労を避け、怠けることこそ薬

昔はインフルエンザにかかると、必ず医療機関に行って、すぐ抗生物質をもらい、それで治る、と信じていた。

ところが、インフルエンザ・ウイルスに抗生物質は効かない、と知ってからは、卵酒こそ飲まないが、ひたすら温かくして寝ている。常日頃の過労が一番体に悪いのだと知っているから、怠けることこそ薬だと思えるのである。

体力と知力の限界を知り、謙虚になる

もちろん、視力はないよりあった方がいいに決まっている。小説では、物語の中で

どのような人生も設定できるが、現実の生身の人間は、持って生まれた自分の体の健康や能力に生涯にわたって支配されるからである。

しかし、それだからいいのだ。人は、そのような日常的なことから、自分の体力・知力の限界を知り、その範囲で生き方の設定をするようになる。そして必ず自分より能力のある人がいることも知って、謙虚にもなる。

「死にそうな病気になっても、帰ってこなくていい」

孫が数年前ロンドンに発《た》つ時、夫の朱門は、

「ジイチャン（自分のこと）が、死にそうな病気になっても、帰ってこなくていいからな」

と明るい調子で言っていたのだ。私の家族には、誰がどういう理由でそういう姿勢を伝えたというのでもないが、一つの希望を叶えるには、その陰で大きな犠牲を払わなければならない、という思い込みが常にあるような気がする。飛行機の路線も発達

している今日、沖縄や九州からだって、祖父母が危篤になったら、孫は間に合うように帰ってこられると考えるのかもしれない。しかし私たちはなぜかそういうふうには思わなかった。

黙って看護に当たっている人

見ず知らずの人を救うより、自分の両親や兄弟や友人から助けるべきだ、という優先順位は、今でも変わっていないだろう。感情もなくなった年寄りの下の世話を、何年もし続けている人は、重油除去のボランティアに行けたらどんなに楽しいだろう、と考えているかもしれない。ボランティア活動なら、止めたい時に止められる。会ったこともない人と話もできる。何より夜になれば、安心して眠ることができる。しかし身近な人の世話は期限がない。夜の安息もなく、変化もなく、感謝もされない。

社会はいろいろな人の善意と献身の上に成り立っている。私はそのことを忘れないようにしようと思う。重油除去の作業に行ってくれた人たちに対するのと同じように、黙って変化のない看護に当たっている心の温い人にも深い感謝をしたい。

音楽は死の床に在って聴くもの

先日、すばらしい音楽を聴きながら、私はずっと昔から、常に音楽を死の床に在って聴くものと思っていた、と改めて感じた。

よく、孤島に流されるとして、一冊だけ本を持って行くことを許されたら何を持って行くか、とか、自分の葬式の時に何の音楽をかけてほしいかとか、考えているのと少し違う。音楽を聴くということが、自動的に死の想念と結びついているのである。

小さな感動を持った時に呟く言葉

イタリア語で、「Come《コーメ》 stata《スタータ》 ricca《リッカ》 la《ラ》 mia《ミーア》 vita《ヴィータ》」という言葉があるのだそうです。なんて私の生涯は豊かだったんでしょう、というような意味で、ごく普通の生活者が日常的に小さな感動を持った時に呟く言葉だそうです。

人は、大きな家屋敷を持ちたいとか、上流階級になりたいとか、そうした望みを持つこともあるんでしょう。でも、そんなこととは関係ないよ、俺の人生もけっこうなものだったよ、というのが、この言葉の意味のようです。

第六章

本音の人間関係を築くために

嫌われることを恐れず、人を決めつけず、
裏表がある世界を楽しむ。

「あの人はまああんなものよ」で友情は続く

私はほとんどの友人と何十年も付き合ってもらっているが、それは私が正しい人だからでもなく、気前がいいからでもない。口が悪くても、身勝手でも、ケチでも、せっかちでも、神経が荒っぽくても、家庭が歪んでいても、あの人はまああんなものよ、ということでおもしろがって付き合ってもらっているのである。人はお互いのやることを、むしろ笑い物にしながら、友情を保つ。ただその人の中に一点秀でているところがあれば、そしてそれを見つける眼力がお互いにあれば、友情は続くのである。

人から嫌われてもいい

嫌われていい、と居直るわけでもないし、理解されるように努めるのは、半分義務だと思うこともあるが、世の中にはどうにも仕方がないことだってよくある。人に嫌われるのもその一つである。人に嫌われたら、うなだれているほかはない。もしそれが純粋の失策だったら謝り、直すこともできるが、それが思想的な選択の結果だったら、「ごめんなさい。あなたの言う通りします」とも言えない。自分であることを捨てることになるからである。（中略）

見捨てられない方がいいが、見捨てられたら、それにもいいことがある。嫌われない方がいいが、嫌われたらそれも風通しのいいことだ。おもしろいものである。

人間は決して人をほんとうには理解していない

人間の世界をスムーズに動かすには、ある程度、単純化した決着を現世でつけねばならないことが多い。しかし人間は決して人をほんとうには理解しているわけではないのである。そう思うと誤解されても気楽だし、人を決めつけることもなくなるはずである。

無関心という形の寛大さくらいは持てる

私は、抗争と対立、苦悩と絶望こそが、人間の世界の普通の様相なのだ、と思うことにしている。ただある程度の物質的豊かさがあれば、人間はひどく犯し合わなくて済む。生きることに追い詰められず、他人のやっていることにも、無関心という形の寛大さくらいは持てる。それだけでも、私はありがたくてたまらない。

表面だけでもにこにこして暮らす

時々私は機嫌がいいと言われることがある。実は私はイジワルで不遜で、忍耐心もあまりない。機嫌がいい人などと褒められる要素は全くないのだが、子供の時から苦労して育ったおかげで、仏頂面をして生きるのと、とにかく表面だけでもにこにこして暮らすのと、どちらが無難かという選択だけはできるようになったのである。

不機嫌を顔に出すのは愛に反する行為

誰でも日によっては不機嫌な顔しかできないような気分の時がある。しかしそういう時でも、相手に対して、そのまま不機嫌を顔に出すのは、何より「愛」に反する行為だと聖書はいうのである。つまり甘えるな、ということだ。

早めに休む方が人を困らせずに済む

人に会っていて、時々、「あ、この人は健康でないのではないか」と思う時がある。私自身も健康か不健康かがもろに顔に出るたちらしく深く反省することが多い。少しぐらい気分が悪くたってにこやかな顔をしていられればいいのに、それができない弱い性格は、早めに休んだ方が人を困らせないで済む。

意識して裏表を使い分けられるのが大人

私が、一人か、ごく限られた人たちだけとかなり深く付き合って、世間からは半分隠れて住むのを好む、という姿勢は今でも変わらない。しかし公的な仕事を引き受けた以上、オフィスの仕事に携わる間だけは、そういう性癖にストップをかけるのが義務なのである。

意識して裏表を使い分けられるのが大人というものだろう。

違ったままで、尊敬や敬愛を感じられるのが勇気

違ったままで、なお、尊敬や敬愛を感じられるのが勇気であろう。その人の日常を自分の勢力範囲にとりこもうとしたり、その人の生き方の上に、自分の好みを取り入れさせたり、その人が当然常識に従うと思ったりするということは、決してほんとう

の勇気ではなく、蛮勇である。

自分を追い詰めない責任

自分を追い詰めない責任は自分にあるのであって、「悪い組織」や「厳しい環境」にあるのではない、ということを、人生のどこかの地点ではっきりと教えるべきだろう。

生き延びるために、道徳を踏みにじる時もある

老年の私が、この期に及んでもまだわからないと感じていることはいくつもあるが、その一つが、実体験と書物による知識は同じに考えていいのか、という点である。それどころか全く異質なものだ、と私は考える時が多い。(中略)

道徳もまた同じ。昔の修身の教科書には、宗教書にも通じる立派な話がたくさん書

いてあったけれど、人間、生き延びるためには、道徳など踏みにじらねばならない時もある。

嘘は人生を穏やかにする

少し大人になれば、嘘くらいつけなければ、穏やかに人生を生きることができない。しかしその嘘は、その場しのぎのものではなく、深い配慮の結果であり、それが危機回避のために必要なものでなければならない。

縁がある人なら、誰でも入れるお墓

夫と私は、私たちを中心に気楽な墓を作ることにした。つまり私たちに縁のある人なら、誰でも入れるお墓である。

そのためには霊園形式のものがよかった。私たちは三浦半島に海の見える明るい墓地を求め、そこに家の名前の全くない墓を作った。お墓の表には、「神を賛美いたします」とだけ彫り、背後に小さく「私たちの罪をお許しください」と書いた。それ以外の言葉を私は思いつかなかった。

食事は、お互いに存在を意識し合うこと

食事というものは、ものを食べることを意味するのではなく、お互いに顔を合わせ、くだらないことを語り、その存在を意識し合うことだということは、夫の最期の一、二カ月の暮らし方でもわかる。もっとも夫は、もうその頃は、あまり語ることもしなかったが、食卓にいることは楽しそうだったのである。

私たちはいつも誰かに見守られていたい

家の建て方にしても、今の新しい家の流しは、対面式になっている。昔の台所の流

しは、必ず壁か窓の方に向いていたものだったが、今では逆に家族のいる方角を見ながら主婦が調理や後片づけをできるようになっているから、家族はいつも一家の主婦の視線の中で暮らす。

それを煩わしいという人もいるかもしれないが、私たちの心には、いつも誰かに見守られていたいという気分もあるから、私は最近の配置に賛成だ。

人は別れを前提に会う

若い時から、私は人でも場所でも、いつもこれが今生の見納め、と思う性癖が抜けなかった。私はその思いをちょっと悲しまないわけではなかったが、しかし動揺はしなかった。人は別れを前提に会うのだから。会って「その人の顔」を見ただけでも、理由はないけれど、ほんとうによかった、と思う。だから別れることを嘆いてはならない、と私は自分に言い聞かせていた。

生まれた土地の、親しい仲

もし人が、ほとんど生まれた土地から動かなければ、そこに深く根を張ることができるのだ。道端や庭の一本一本の木にも、下草の雑草の小さな花にも、充分に目配りができ、馴染みも深くなって親しい仲として死ぬまでつき合う。人が世界と感じる空間はその程度の広がりで充分なのだ。何もニューヨークやパリを知る必要などない。

人脈は作ろうとしない

私が一番恵まれていたのは、たくさんの個性的な魂に出会えたことです。人脈という言葉は好きではありませんが、人脈は作ろうとせず、利用しようとしないとできるものかもしれませんね。

善人でもなく悪人でもなく

日一日と、私は彼女のことを思わなくなりました。すべてが遠く淡くなりました。そして今では、黒髪の長いハープを弾く百合香も、坊主のように髪を剃られた裸の植物的な百合香も、共に鵜飼の漁火《いさりび》のように消えかけています。

私はこの世ならぬほど強く、色彩に富み、しかも苦しかった五年の歳月を、夢幻《ゆめまぼろし》のように捨て去るつもりです。しかもなお私は善人でも悪人でもない。違いますか。

第七章

夫婦関係に悩んでいるとき

互いに自立した関係が基本。
期待せず、でも信頼する努力を続けてみる。

夫婦で作家同士、互いの作品を読んだことがない

我が家の場合、夫婦が同業という問題で少し世間の注目を浴びました。端的に言うと、夫婦がお互いの才能に嫉妬するという問題があるのではないかということでしょう。ところがこれは実に解決が簡単だったんです。家でもお互いの作品を読んだことがありませんから嫉妬のしようがない。相手の作品を読んでいる暇なんてないんです。会話としても仕事のことはあまり喋りませんから、何を書いているかよくわからない。私の場合はその後、長い年月取材して書くタイプの作家になりましたから、その間にうすうす「ああ、土木小説を書いているんだな」というくらいの想像はしたと思います。

夫は私を「うちのおばさん」と呼んだ

彼は私のことを「うちのおばさんは、今日出かけていますよ」というような呼び方で外部の人に話をすることもあった。息子が幼い頃は「ママ」とか「お母さん」という呼び名が通る時代もあるが、息子は独立し、夫は私を「おい」と呼ぶ人でもなかったから、或る年、息子の友達が遊びにきて、私のことを「おばさん！」と言ったのを、これは便利な呼び方だと思ったらしい。以来しばしば「おばさん」と呼んだ。

大体、一般に「おばさん」なる人の存在は便利なものだ。家事はできるし、ご飯も食べさせてくれる。それでいて、母親ほど煩《うるさ》くはない。

老年の男性の家事を教育して死ぬべき

ここ数年、私は自分がいつ死んでも夫が一人で暮らせるように「訓練」してきた。

と言うと夫は必ず反論し、自分は誰に教えられなくても、家事一切できるのだと言う。できないと思い込んでいるより、自分はできるのだと信じている方が始末にいいので逆らわない。

老年の男性は必ず、家事ができなくてはならない。妻もそれを必ず教育して死ぬべきだ、という思いは、私の中から抜けない。

日本の男性は世界で最たる怠け者

日本の男性の中には、まだ妻がいなくなると、一人で食事を作ることもできない人がたくさんいる。それで私は夫に料理をするように仕向けている話を先日書いたら、おっかけておもしろい話が出た。

世界で最も大規模な大学の調査研究機関であるミシガン大学の社会科学研究所の調査によると、日本の男性は世界で最も家事をしない怠け者、という結果が出たという。私が勝手に「怠け者」という言葉を使ったのではない。彼らが「レイジェスト」と言っているのである。

家庭で何も喋らないお父さん

私生活がないほど人をこき使う会社にはいない方がいいと書いたけれど、家にいる時間があってもほとんど喋らない「お父さん」がいるというのも困ったものである。

私はいつから、日本の男たちが、会社であったことを家庭では喋らないことが美徳だ、などと思い出したのか不思議に思う。もちろん家族に「不必要な心配をかけない」という気持ちは世界中の誰にでもある。しかし家族の大きな目的は、親子や夫婦といった人間関係を体験することと自分のできなかった体験を分かち合うことなのである。

甘えた男女関係がどうも好きになれない

結婚というシェルターみたいなものの存在を充分に利用しながら、浮気という禁断の木の実もおいしい、というような甘えた男女が私はどうも好きになれない。夫以外の男との浮気はどうして心を震わすのだろう、などと聞くと、そんなことにしか心が震えないんですか、と聞き返したくなる。ささやかな人間関係の信頼に応えない人生は、基本のところですばらしくもないし、ドラマチックでもないのである。

人の一生から信頼を奪った罪は大きい

夫に隠して、男性遍歴を続けた妻が死んだケースもあった。その人の葬式の時、突然豪雨が見舞った、という体験を私に語ってくれた友人がいる。信じられない天候の変化だったのだそうだ。人々が斎場に集っていると、急に豪雨が襲い、雷鳴が轟いた。落雷が続いて、人々は読経の声の中で少しどよめいた。「あれは、地獄に落ちた仏さんが、助けてくれ、と必死で訴えているとしか思えなかったわ」とその人は私に言った。

歌舞伎の場面みたいで、私は信じる気にはならなかった。しかし人の一生から、信頼を奪った罪というのはかなり大きいのだろう。浮気をして死んだ妻が地獄に落ちた、と感じたのは、死んだ側の真実でなく、生き残った人の感覚なのである。一人の人間の裏切りは、決してその人だけに留まらない。

誰に対しても甘えて不作法をしてはいけない

家庭内での不作法は、相手を深く傷つける。「あなたなんか会社でだって役立たずじゃないの」とか「妻子もろくに養えなくて何言ってるのよ」などという妻からの言葉もあるし、「お前みたいなブスが一人前の顔するな」とか「お前の一家は揃いも揃って頭が悪いからな」などと言われたという妻にも会ったことがある。

すべてこれらは「礼を失した」態度なのである。

親しき中にも礼儀あり、というのは、友達同士の関係をいっているのだろうと昔は思っていたが、今では夫婦・親子の間で必要なことなのだ、と思うようになった。

私たちは多分一生、誰にも甘えて不作法をしてはいけないのである。

内面の悪い人は、実は力量がない人

内面の悪い人は、つまりほんとうはそれだけの力量がないのである。家にいる時くたびれて仏頂面をしたくなるほど努めなければ、会社で頭角を現せないのなら、それはその人の力量がそれほどない、という証拠なのだ。人はすべての仕事を、かなり楽々とやれるのでなければ、ほんものではない。

覚悟を教えるために贈ったナイフ

私たち夫婦は孫が十二歳になった時、ナイフを贈った。もっと正確に言うと、聖書とナイフを贈ったのである。ナイフは決して人を刺すためではない。むしろ自分や愛する人々を守り、生かし、闘いや戦争を招かないようにする覚悟を教えるためであった。

幸福を先に取るか、後に取るか

考えてみれば、同居して長い間、重荷のようになっていた配偶者なら、死後その重荷が取り除かれて幸福になる。しかし同居していた時、充分に楽しかった夫婦なら、一人になれば寂しさだけだろう。それも考えてみれば、平等な運命の与えられ方だ。幸福を先に取るか、後に取るか、の違いなのかもしれない。

華やかな生活ほど、恐ろしい決定的な不幸がある

人も猫も、皆運命の流れの中で生きてるんですよ。そこからはどうしても出て行けないのよ。その代わり、そこにある幸福も不幸も、主観的には全く同じ量なんですよ。華やかな生活ほど、恐ろしい決定的な不幸があるんだわ。

彼らしい、いい人生の時間

こんなことをしている間、夫とは別に会話はできないのだが、これが夫と私が家族らしい空気を保つ比較的貴重な時間になった。多分世間では別にケンカしていなくても喋らない夫婦はたくさんいるだろうし、ゲラを読む私の傍《かたわ》らで、時事的な問題を扱った新刊書を読んでいる夫は、この時間ほど落ちついていることはないところをみると、たぶん「彼らしい、いい人生の時間」を過ごしているのである。

第八章

老後の目標がわからなくなったら

他者に与えることで、
人間として残された時間を全うする。

ほんとうに満たされるのは、与える時

私たちがほんとうに満たされるのは、受ける時ではなくて、与える時なのである。受ける時は、私たちは受けるものの量に左右され、少しでも少なければ、直ぐ不満を感じる。しかし、与える時には、私たちは恥ずかしいほど少し与えても、心は満たされる。この効果はまことに不思議である。

一週のうち二、三日でも人の世話をする

一週のうちの二、三日を、自分より体の悪い人のために捧げるのも、むしろその人の尊厳のためにいいことである。何しろ、人の世話をしている、他人のお役に立っているということは、心が満たされることだからである。

いささかの善といささかの悪を自覚する

夫も結婚した時、私に「いいことはするな」と言った。別に犯罪を教唆《きょうさ》したわけではないが、見え透いた人道的なことに働くような悪趣味なことはするな、と言いたかったのだろう。私たちは凡庸な、いささかの善といささかの悪とを自覚しながら生きればいいので、間違っても人道的だと褒められるような行動はしまいと、暗黙のうちに決めていたふしがある。

一人暮らしの年寄りにしてほしいこと

一人暮らしの年寄りには、してほしいことがたくさんある。ミルクや大根のような重いものを買ってきてくれる人がいたら、うんと助かる。自分の話を聞いてくれて、簡単な自叙伝を書く手伝いをしてくれる人がいたら、一つの目的ができて元気にもなるだろう。

時々、自動車で花見に行ったり、車椅子でファミリー・レストランに連れて行ってもらって食事をすることも大きな楽しみの一つである。そういうことをしてあげるのも、実に大きな仕事をしていることになる。

誰であろうと助けられる人

苦しんでいる人には、同情してください。自分の親戚でなくても、立場の違う人でも、人間として苦しむのは同じことです。そうした人を、誰であろうと助けられる人になってください。そういう人が人間として一番偉いのです。

すばらしかった七十九歳のボランティア

今年、ボランティアをしてくださった男性の最高年齢者は七十九歳であった。常識的には、自分がボランティアの助けを受ける年かもしれない。しかしこの方は終始、自分の体調をコントロールされた上、姿勢はよく、身のこなしも柔軟で立派にボランティアの任務を果たされた。それはすばらしいダンディズムであった。

ボランティアは余裕のない人はするべきではない

ボランティアは労力、時間、お金のどれかに余裕のある人がやるべきなのであって、そのどれもがない人がやることではないのである。月三千円くらいなら出せると思う人が、週に一回七百円くらいでお弁当を作って近所の高齢者一人に届けるのは、立派なボランティアだ。週に一日だけ、よその子供を預かってあげられる、という人がそれをしたら、それも立派なボランティアである。しかし何にも余裕のない人はするべきではない。ボランティアとは、何かを自分から「持ち出して」やるべきことなのだ。

与える行為にはぴんからきりまである

与えるという行為にはぴんからきりまである。食事を食べさせる、重い物を代わりに持ってやる、といった簡単なことから、親が子供を救うために自分の命の危険をかえりみず、火事の焔の中に飛び込むということまで含まれている。

「謝れ」ということは、みじめで虚しい

私は相手に向かって、「謝れ」ということほどみじめで虚しいことはない、と思っている。自分から謝ろうとしない人に、謝れと言い、相手に形だけ謝ってもらってもみじめさが増すだけだ。それだけでなく、そこには多くの場合、むしろ無言の反感や侮蔑が残る。謝ることを要求した人は、人を謝らせることで、自分の心を救おうとする、何か別の理由があるのである。

魅力的でないブランド漁りの女性たち

何よりも人間を魅力的に見せるのは知性と教養である。その二つがあればまずすばらしい男たちが必ず寄ってくる、ということになっているのは、決して慰めではない。正しい言葉遣い、親切で折り目正しい物腰、人生に対する誠実な受け止め方、自然な向上心、といったものに人々は必ず魅力を感じるのだが、ブランド漁りの女性たちは、外国語はおろか、日本語でさえ知的な話ができない。会話に魅力がなくては、どんな美貌も美しいとは見えないのである。

「精神のおしゃれ」を意識する人

「精神のおしゃれ」というものを意識しない人が多くなってきた。男性の場合は、英語で言う「ギャラントリー（gallantry）」の精神がその一つである。これは、中世の

騎士道に通じる勇気と、女性に対する丁寧な行動のことである。（中略）

電車に乗れば、席を詰めもしないで、何となく二人分の座席を占領している男女を見ない日はない。人前で平気でお化粧をしたり、歩きながらものを食べたり、下着が見えそうな短いスカートをはいたりしている。外国で暮らしている知人は、日本の女の子の服装を見て、「まともな女性が着るものじゃない。どうぞ襲ってちょうだい、と男にアピールしているようなものです」と言うのである。年長者は本来、そういうことを教えてやらなくてはいけないのである。

オバサンと丁寧に喋るフランス青年のマナー

二十一歳の青年が、私のようなオバサンと、最後まできちんと話をするのです。それも私のフランス語がたどたどしいので、こちらがわかるように丁寧に喋る。そして、私が降りる時にまた荷物をちゃんと下ろしてくれる。フランスでは、それをマナーとして、小さい時から親がしつけるわけである。

電車で我先に座ろうとする男性

女性に手を貸すどころか、最近は、いい年をした男性まで、電車に乗ってくるなり、我先に座ろうとするのである。

今の男性は、教会で帽子を取ることも知らない。レストランで帽子をかぶったまま食事をしている人もいる。男性は屋内では帽子を取るのが礼儀なのだ。

善意を断るのは失礼

車椅子の人と外国を旅行していると、教会の階段のところなどで、突如としてどこからともなく助っ人が現れることがある。そういう時も日本人はえてして「いいえ、けっこうです。大丈夫です」と断ったりする。しかしこの場合、断るのは失礼なのだ。相手にも人助けをする機会を分つのが礼儀なのである。

小学生の私に生きる術を教えた母

私は小さい時から、すべての家事ができるようにしつけられた。中でも母が一番熱心に教えたのは、お手洗いとごみ箱の掃除であった。昔は便器を刺激臭のある強い酸で洗ったので、母は子供には危険なその仕事だけは自分でやり、ほかのことは私にさせた。

「人間、一番汚いものの始末ができるようになると、あと恐ろしいものがなくなるの」（中略）

母が私にしつけをしたのは、ひたすら私が自分で生きられるようにするためであった。健康なら、自分のことは自分でできるというのでなければ人間ではない、と母は私に教えた。その通りだと思う。それなのに今、巷には、まだ自分で初歩的な炊事も洗濯もできない男たちがたくさんいる。

ほんものの奉仕は、他人の汚物処理である

ほんものの労力の奉仕は、他人の汚物の処理をすることである。「奉仕」という言葉はギリシア語で「ディアコニア」といい、それは直訳すれば「塵・芥を通して」というような意味になる。つまりそこには、相手の汚物をきれいにしてあげることだけがほんとうの奉仕だという意味が隠されているのである。

書斎で始めた小さな救援組織

私の書斎を事務所にして、小さな救援組織を始めてもう五年ほどになる。積極的にいいことだからしよう、というような意志は誰にもなかったのだが、私が取材でアフリカに行く度に、帰ってくるとつい見聞きした話を友達にしたのがきっかけであった。

「千円あると、死にかけている未熟児の赤ちゃんを、八日間も保育器に入れられるの

よ。そうするとその子は生きられるかもしれない」

などと言ったので、友達・知人はお金を出してくれるようになった。そうなるとそのお金を確実に届ける義務が出てきたのである。

援助の私物化を防ぐ知恵

とにかく救援のための物資やお金は途中で漏れることが多い。先日も或る国に日本から寄贈した何十台もの清掃車が、数カ月たった今もはや影も形も見えない、という話を聞いた。この「水漏れ」を防ぐことは並大抵のことではない。私たちは、お金の申請からその後の管理まで一切を、現地にいて毎日その土地の人々と共に暮らしながら、使ったお金の効果をずっと見張っていてくださる日本人の神父か修道女がおられるところにしか、お金も物も出さないことにしている。

受ける権利だけでは、乞食の思想になる

戦後約半世紀の間、私たちは子供たちに、受ける権利だけを教え、与える光栄についてはほとんど触れなかったのです。これはいわば乞食の思想のみを教えたことになります。

国家も、社会も、個人も、決して平等ではない

国家も、社会も、個人も、決して平等ではありません。才能にも健康にも生まれた環境にも明らかな不平等があります。不平等どころか、片方は人間で、片方は動物、という階級差が存在する国に、私は度々行きました。不平不満は地球が存在する限り続くでしょう。その認識から出発しない限り、人間の平等に向かって一歩一歩進むということはできないことです。

するべきことをするのが自由

「したいことをするのが自由だ」と日本人の若い世代の多くの人々は考えます。しかしそうではありません。人として、「するべきことをするのが自由だ」と私は教えられたのです。その意味で私は皆さんが、生涯、魂の自由人としての強烈な生を全うされることを望みます。

できない、と決めつけないこと

時間貧乏の暮らしは、あまりいいものではないが、私に一種の極限の生活が自分にはできるのだ、という自信をつけた。その要訣《ようけつ》は、「できない、と決めないこと」であった。できないかもしれないが、できるかもしれない、のである。自分の性格や体質はなかなか変えられないが、少しは変えるように無理をすることもいいのだ。

第九章

死を恐れないための方法

何歳に死んでもいいのかを決める。
そうすれば後の人生が楽になる。

何歳からが「もういつ死んでもいい老後」なのか

何歳からを「もういつ死んでもいい老後」と決めるかは、自分で決定するほかはないと私は思うのだが、私たち夫婦は、老後は、一切生き延びるための積極的健康診断も、手術などの治療も、点滴などの延命のための処置も受けないことに決めていた。現実に思い返してみると、私は六十歳くらいから、癌などの早期発見のためのレントゲン検査を全く受けていない。それでも私は既に八十代の半ばまで、特に重い病気もせずに生きてきたのだ。私の知人の医師たちは、「レントゲン検査を受けなかっただけでも、長生きしますよ」と私をからかう。

自らの美学や哲学を持つ人

最近の調査によると、人生の目標に「偉くなること」をあげる若者たちの率が、日本ではアメリカや韓国に比べて著しく低いという。私にもその癖《へき》はあって、権力を志向する政治家の情熱をほとんど理解していない。しかし「偉くなること」を総理や大会社の社長になること以外に、他人のために自らの決定において死ぬことのできる人、つまり自らの美学や哲学を持つ人と定義するならば、私はそうした勇気にずっと憧れ続けた。

毎日死を考えない日はない

極く若いうちから……時には子供のうちから死を常に考えるかどうかは、ひとえにその人の性格によるものらしい。私は子供の時から今まで、毎日死を考えない日はない。

一人で死ぬために、体を鍛える

もうすぐであった。四百米《メートル》のゴール。いや疲れ果てて海底へ沈むことを自分に許す瞬間が。悠子は、多少ピッチを早める。一人で死ぬために、毎日こうして体を鍛えている自分が、爽やかであった。

⚜怖がらずに死ねる方法

死に易くなる方法はないか、と言う人がいる。つまり怖がらずに死ねる方法はないか、ということである。

名案があるわけでもなし、あったとしてもまだ死んだ経験のない私には、それが有効である、という保証も見せられない。しかし多少はいいかな、と思う方法が一つある。

もし、その人が、自分はやや幸福な生涯を送ってきたという自覚があるなら、毎夜、寝る前に、「今日死んでも、自分は人よりいい思いをしてきた」ということを自分に確認させることである。つまり幸福の収支決算を明日まで持ち越さずに、今日出すことなのだ。

半端健康人は甘やかされている

ほんとうに体の悪い人は素直に老後を療養して過ごせばいい。しかし問題は私程度の半端健康人である。半分障害者・半分健康人という人たちが、今や世間でどうも甘やかされているふしがある。

眠る前の三秒の感謝

五十歳になった時から、私は毎晩一言だけ「今日までありがとうございました」と言って眠ることにした。これはたった三秒の感謝だが、これでその夜中に死んでも、一応のけじめだけはつけておけたことになる。

この世に絶望することも、すばらしい死の準備

この世が生きて甲斐《かい》のないところだと心底から絶望することもまた、すばらしい死の準備である。私は基本的にはその地点に立ち続けてきた。

しかしそう思っていると、私は自分の生悟《なまさと》りを嘲笑《あざわら》われるように、すばらしい人にも会った。感動的な事件の傍《かたわ》らにも立ち、絢爛《けんらん》たる地球も眺めた。それで私は夜毎に三秒の感謝も捧げているのである。

死は自分が利己主義者で卑怯な存在だと自覚させる

フランクルは著書『夜と霧』の中で、すべての体験を極めて静かに語る。

囚人たちの間にあるのは、基本的には「激しい相互の生存闘争」であった。自分が死ななくて済むということは、誰かが代わりに死ぬことを意味していた。平和はお互

いに望めば達成される、というような言葉に、私はもともと疑いを持っていたが、この本を読んでからは一層信じなくなった。その時、選ぶのは、人を殺して自分が生きるか、自分を捨てて人を生かすか、という選択であったが、もちろん私がもしアウシュヴィッツにいたなら、人を死に追いやって自分が生きるチャンスを摑むことに、ほとんど苦しみを感じないだろう、と思われた。

いわばこの本は、人間の弱さに対して目を開かせ、その結果、自分が充分に人並みな利己主義者であると認識することで、私の心に悲しみに溢れた解放感を残し、他人の弱さに出会った時は、それを自分の卑怯さと並列して考えねばならない、という最も大事な基本的な姿勢を私に植え付けたのである。

「さして悪くはない」程度の幸せな死

善意の人々の目に囲まれて、その視線の中で運命の変化を迎えるのもまた、悪いことではなかった。夫は八日間、病院で、延命ではないが楽に過ごせるような医療を受け、予後の悪い肺炎だったが、ほとんど苦しまずに亡くなった。

息子が「親父さんの最期を見ていると、あの通りに死ねと言われても、さして悪くはないなあ」と言った程度の、幸せな死である。

できたら連載スタート前に書き上げておきたい

昼間、新聞社のインタビューを受けた時「再来年からの連載、よろしかったら一日分何枚か教えておいてください。できたらスタート前に書き上げておきたいんです。だって連載は途中で死ぬとそちらもお困りでしょう」

と言ったら、それは助かる、と言ってくださった。連載途中で死んだり、中断同様になったりした作家もあるけれど、できれば凡庸に生きて書き上げることが連載小説の最低の義務と昔から思っている。

普段着のままのお葬式

マスコミなど外部には一切お知らせしない。普段着のまま、少数の身内のほか親友と、故人を介護してくださった方だけに参列していただきました。

お通夜はなし。黒白の幕や忌中の印も出さない。飾り棚もいらない。両親が使っていたちゃぶ台に白い布をかけて、私たちの好きな花をいっぱい飾って祭壇を作りました。

家族の死は誰もが経験すること

昨年の冬、私は夫の病気と死にも対処しなければならなかったが、それらは、決して苛酷な体験ではなかった、という感じを持っている。

私の家には秘書もいて、雑用を手伝ってくれるし、十数年いるブラジル生まれの日系の女性もいて、日々私は随分、心を支えられているからである。

しかし人生の困難を闘い抜かねばならなかった、という実感がないわけでもなかった。ただそんなことは、誰の生涯にも必ずあることで、私だけの不幸ではない、と私ははっきりと感じていた。

この不幸は自分だけに与えられた試練だと思うようになったら、それは自分の心の平衡感覚を失っているのである。

人にやさしくなるためには、強い信念と勇気が必要

この世には「安心できる」状態などどこにもあるわけがない。「人にやさしく」というのは、最近はやりの表現だが、地球にやさしくあるためにも自己犠牲が要り、人にやさしくなるためには時には自分が死ぬことも要求される。コルベ神父のように超《ちよう》弩級《どきゆう》に強い信念と勇気が必要である。

人のために死ぬ、ということ

人のために死ぬのはばかだ、と思うのも一つの考え方だ。人のために死ぬことは崇高なことだ、と思うのも一つの思想である。そのどちらも自由に許される世の中であってほしい、と私は願う。

ママの待つあの世へ

ケヤーセンターには「虹のおうち（レインボー・コテージ）」というエイズに冒されている孤児たちを収容する棟もある。そこからも名簿は来た。

幼い子供たちの最期の時に、抱いていてくれる母の手がなかったことは悲しい。ムフンド・マビゼラは十歳。運び込まれたその日に息を引き取った。ノンプメレロ・ムテンブは生後三カ月でここに来て、約二カ月で彼女も母の元に旅立った。ナタシャ・コエスネルは満六歳の誕生日を祝った。六、七歳より長く生きられる子はめったにいない、と言う。彼女も約四カ月「虹のおうち」にいた後で、ついに橋を渡ってママの待つあの世へ帰って行った。

大きくなるまで生きていたい

或る時、神父はボリビアの子供の一人に、

「大きくなったら何になりたいの？」

と尋ねた。すると子供は答えた。

「大きくなるまで生きていたい」

この答えは、健康なごく普通の日本人には考えつかない衝撃的な返答である。

少女の歌うような言葉

「この子も死んじゃったの。あの子もよ」

少女の歌うような言葉は今も耳に残っている。その時以来私は日本人の生活について、格差がひどいだの貧困に苦しむだのというような言葉を全く信じていない。

自分が死んだ時に着せてもらう衣類

私は自分が死んだ時に着せてもらう衣類一式を、もう十年くらい前にシンガポールで買った。マレー語を話す人たちの着る裾の長い普段着である。以来出してみたこともないので、純白がもう黄ばんでいるかもしれないが、なあにどうせ着て外へ出るわけではないのだからどうでもいい。しかし私は、その服を楽しんで揃えたのだ。

夫の死後六日目のオペラ鑑賞

私は、朱門の死後の六日目にも、オペラを見に出かけている。どちらの場合も、朱門の声が聞こえるからである。音楽会の場合は、

「知壽子《ちずこ》（私の本名）が傍《そば》にいたって、僕が治るか」

であり、オペラの場合は、

「オペラに行かないと、僕が生き返るか？」

であった。

名も存在も忘れ去られて、大地の一部になる

うちのお墓はそのような理由で賑やかなわけだけれど、お骨壺六人分で棚がいっぱいになった後はどうするのですか？　と私はお墓を作った時に霊園の人に尋ねた。す

ると七人目が亡くなった時、一番最初に亡くなった方のお骨から下の土に返すのです、と教えてくれた。そういえば墓石の下は土のままになっている。

私はほんとうに安らかな気がした。お墓があろうがなかろうが、つまりは誰もが土に還って、平安を手にするのである。「子々孫々」という観念は言葉としてはあるが、どんな家もいつかは死に絶えるものなのだ。その時に備えて、少しずつ名も存在も忘れ去られて、大地の一部になる。そんな凡庸な幸せを許してもらっていいのだろうか、という気さえする。

普通にあるささやかな幸福

私は松葉杖の経験はあるが、義足はつけたことがない。しかし、恐らくどんなに精巧なものを作っても、ほんものの足ではない以上、やはり不自由なもので、すぐに接触部分の皮膚がすれて、痛む人もいるのではないかと思う。それでも日本人ならまたすぐ作り替え、だめなら特殊な電動スクーターを買って町を乗り回すこともできる。

足が痛くなく歩けたらいい、という希望ほど、もっともなものはない。それは、家族でいっしょに入れる墓がいい、という程度の平凡な望みである。

第十章

理想の自分に近づけないとき

少し耐えて、
少しいいかげんに。
万事とぼとぼやっているうちに、
出口が見つかる。

人間は運命に支配される

いずれにせよ、人は自分の生涯を自分で完全に支配してはいないのであろう。私は運命論者ではないが、自分で自分の生涯を完全に左右できるとも思ったことがない。時折人間は運命に支配される、と思って納得している。

いくらかは耐える習慣も必要

すべての人間は——老人であろうと病人であろうと——いくらかは耐える習慣もなければ生きていけない。もちろん病人は健康人と比べて待つのも辛いのだが、即刻思い通りになるのが当たり前となったら、当人も辛いし、介護人は追い詰められて続かなくなる。

諦めるより仕方のないことがある

この世には「身の不運」が誰にでもあることを私たちは承諾しなければならない。今は、「身の不運」の程度も、戦前からみればずっと良くなったが、それをさらに良くすることには、皆が努力すべきである。

それでもなお、本質的に「不運」はなくならないし、「この世には、身の不運と思って諦めるより仕方のないことがいくらでもあるはずだ」、という当たり前のことが言えるのは、もともと無頼な小説家くらいのものになったという現実は、異常である。

完全な理想を求める人は老化が始まっている

私たちは理想の学校からも学ぶが、汚職に塗《まみ》れた世間からも、偉大な人間像を学ぶ。私に言わせれば、どちらも必要だ。もちろん理想に近づけることは必要だが、理想通りでないと、その道はもう絶望的だ、と考える人の方が、どんなに若くても、もう頭の老化が始まっていそうで怖い。

他人の不幸によって、自分の幸福を知る

他人の不幸によって、自分の幸福を知る、などという行為は、ほんとうに情けないものだと思うが、私などはしばしば自分の意識の中にある冷淡さによって、自分に与えられている幸運を認識するのである。

少しぐらいゴミがあっても死なない

私の母は体が不自由になっても、ベッドの下の小さなゴミさえ気にして拾いたがるような性格であった。それに対抗して、私は何でもすぐ「そんなことでは、人は死なない」と言うのが癖になった。これはなかなか応用の利くいい言葉だった。

「少しぐらいゴミがあっても死なない」

「少しぐらい食べなくても死なない」

「少しぐらい汚くても死なない」

「少しぐらい義理を欠いても、見捨てられることばかりではない……」

ほか、運命が私に教えてくれた言葉は数限りない。

これらは、介護の必要な母の存在がなくても、けっこう使える言葉であった。

「板切れを柔らかく感じる」人の心の複雑さ

物質にも、柔らかなものと硬いものがある。もっとももどういう素材をどう感じるかは、人により立場によって違う。終戦後、復員船と呼ばれる船に詰め込まれて帰ってきた人の話を今でも忘れられない。その人はぎゅう詰めの船上で、初め鋼鉄の部分の上にやっと身を横たえる小空間を見つけていた。とにかく日本に帰ることばかり考えていたのだから、文句は言えないのだが、それにしても体を横たえるには鉄は硬くて眠れない。そのうちに部下の一人が、どこからどう工面してきたのかベニヤ板の小さな板切れを一枚持ってきてくれた。「どうぞお使いください」というわけだ。その板を背中の部分にだけ当てて寝た時、板とは何という柔らかなものだろうと胸が熱くなった。

一枚の板切れは、綿の布団と比べて硬いとみるのが普通だが、それでも柔らかいと思える人がいるのは、絶対の硬度の基準からは容易にはずれ得る人の心の複雑さを示している。

意外と気楽なヒジャーブ

私は尋ねた。

「ねえ、この下には何を着るの？」

私には一人のイラン人の知人もなかったから、私は彼女に聞くより仕方がなかったのである。

「何でもいいのよ。Tシャツにスラックスでいいのよ。だってあなたは朝着たら、夜寝るまでこのヒジャーブを脱がないんだから」

それはそうだ、と私は納得した。つまり誰かヒミツの人の部屋でそれを脱ぐということさえしなければ、私が下に何を着ようと誰も見る者はないのだ。それで私は男ものの白いTシャツとザブザブ洗えるスラックスをはいて、初めての体験を乗り切ることにした。

男性に会ったら目を伏せて軽く会釈

テヘランでは、男性と握手をしないように言われた。これも私にとっては大変便利なことだった。男性に会ったら目を伏せて軽く会釈をすればいいのである。握手というのは、世界的な蛮行である。あのおかげで、どれだけ不潔なバイキンをうつされるかわからない。

何ごとも盛大にやらず、万事とぼとぼ

不眠症にならないコツは、何ごとも盛大にやらないことだそうです。万事とぼとぼやる。全力投球が最も体に悪い。支店の数を増やしたり、従業員をたくさん雇ったり、大臣になろうと企んだり、高額所得者になろうとしたり、勲章をもらおうとしたりすると、いつかは自分の首を締めるようなことになるって思ってるんですって。さらに悪いのが、いい評判を取ろうと、努力することですって。

三分の一が睡眠、三分の一がテレビ、三分の一が執筆

「スーパーにあるような防犯カメラを二階のおじさんの部屋に取りつけて、下から監視しててごらんなさいよ。そうすれば、まず三分の一の時間はベッドに引っくり返ってぐうぐう寝ているのがわかるから」

おばさんの話によると、残りの三分の一は、テレビ見てるんですって。それもくだらないお笑いか、人殺しのお話。じゃ書いてる時間は、つまり全体の三分の一っていうことじゃない。

年寄りは荷物を持ってはいけない

外出や旅行をする時に、年寄りは荷物を持ってはいけない。同行者がいなければ自分が疲労し、同行者がいれば見るに見かねて「お持ちしましょう」と言わねばならなくなるからである。中には、それを半ば当てにして荷物を持つ年寄りまでいる。

老人だからというので、旅先で買い物一つしてはいけない、というのは労りがない、差別だと怒る人がいるが、そうではない。（中略）

もっとも最近では、宅配便とかクール便とかいうものがあるから、魚が欲しければ、クール便で送ってもらえばいい。つまり自分ができないことは、自分で費用を払って（人の好意に頼るのではなく）自分の希望を達成するという手だては残されている。

しかし世間で不評なのは、お金を出さず、「何となく」ただでしてくれる人を当てにするという老年の卑しさなのである。

理不尽な要素から人生は編まれていく

人間はどんなに努力しても、努力だけで事を成就させることはできない。社会の求める潮流とか純粋に時の巡り合わせとか、いずれにせよ人間から見ると理不尽な要素があってこそ、人生は編まれていくという感じがする。

迷いがあってこそ真実に近づく

昔の日本人の言葉には、謙虚さの香気があった。確かに理路整然と何かができるということは便利かもしれないが、理路整然としてしまうと、美しくもなければ、ふくよかでもない部分ができる。人生には迷いや不透明な部分があってこそ却って真実に近づくのである。

何一つ完全になし得ないから、人間を保つ

「為せば成る」という言葉が東京オリンピックの時に、熱病のように人々にもてはやされたことがあったが、私はこの言葉を聞く度に、聖書のこの個所を思い出していた。

「それゆえ、あなたがたに言っておく。命のために何を食べ、何を飲もうか、また体のために何を着ようかと、思い煩ってはならない。命は食べ物にまさり、体は着る物にまさっているではないか。空の鳥を見なさい。種をまくことも刈り入れることもせず、また倉に納めることもしない。それなのにあなたがたの天の父は、これを養ってくださるのである。あなたがたは鳥よりもはるかにすぐれているではないか。あなたがたのうち、だれが思い煩ったからといって、寿命を一刻でも延ばすことができるだろうか。(中略)……あすのことは、あす思い煩えばよい。その日の苦労は、その日だけで充分である」(マタイによる福音書6・25〜27、34)

私たちは自分では何一つ完全になし得ないことを知る時に、却って人間を保つのである。

人間はすべて生かされている

私たち人間はすべて生かされて生きている。

誰があなたたちに、炊き立てのご飯を食べられるようにしてくれたか。誰があなたたちに冷えたビールを飲める体制を作ってくれたか。そして何よりも、誰が安らかな眠りや、週末の旅行を可能なものにしてくれたか。私たちは誰もが、そのことに感謝を忘れないことだ。

出典著作一覧（順不同）

『大説でなくて小説』ＰＨＰ研究所（一九九二年五月）
『自分の顔、相手の顔』講談社（一九九八年一一月）
『人間にとって病いとは何か』幻冬舎新書（二〇一八年五月）
『老いの僥倖《ぎようこう》』幻冬舎新書（二〇一七年九月）
『生き抜く力』海竜社（二〇二一年二月）
『人はなぜ戦いに行くのか　昼寝するお化け〈第六集〉』小学館（二〇〇四年六月）
『人間の使命』海竜社（二〇二一年七月）
『夫の後始末』講談社（二〇一七年一〇月）
『生活の中の愛国心』河出書房新社（二〇一一年一二月）
『天山の小さな春』河出書房新社（二〇二三年一一月）
『すぐばれるやり方で変節する人々　昼寝するお化け〈第七集〉』小学館（二〇〇六年六月）
『ボクは猫よ』ワック（二〇一一年一〇月）
『私日記３　人生の雑事　すべて取り揃え』海竜社（二〇〇四年九月）
『旅は私の人生』青萠堂（二〇一五年四月）
『靖国で会う、ということ』河出書房新社（二〇一七年七月）
『大声小声　もう一声』講談社（一九九三年四月　共著＝上坂冬子）

『それぞれの山頂物語』講談社（二〇〇〇年二月）
『なぜ人は恐ろしいことをするのか』講談社（二〇〇三年九月）
『流行としての世紀末　昼寝するお化け〈第二集〉』（一九九六年四月）
『私日記5　私の愛する妻』海竜社（二〇〇七年一〇月）
『都会の幸福』ＰＨＰ研究所（一九八九年一一月）
『飼猫ボタ子の生活と意見』河出書房新社（二〇一二年一月）
『曽野綾子自伝　この世に恋して』ワック（二〇一二年一二月）
『夢幻《ゆめまぼろし》』河出書房新社（二〇一三年一〇月）

曾野綾子（その　あやこ）

一九三一年、東京生まれ。聖心女子大学文学部英文科卒業。七九年、ローマ教皇庁よりヴァチカン有功十字勲章受章。八七年、『湖水誕生』で土木学会著作賞受賞。九三年、恩賜賞・日本芸術院賞受賞。九五年、日本放送協会放送文化賞受賞。九七年、海外邦人宣教者活動援助後援会代表として吉川英治文化賞ならびに読売国際協力賞受賞。二〇〇三年、文化功労者となる。一九九五年から二〇〇五年まで日本財団会長を務める。二〇一二年、菊池寛賞受賞。著書に『無名碑』『神の汚れた手』『天上の青』『哀歌』『アバノの再会』『老いの才覚』『人生の収穫』『人生の原則』『酔狂に生きる』『生身の人間』『不運を幸運に変える力』『靖国で会う、ということ』『夫の後始末』『人生の後片づけ』『介護の流儀』『人生の終わり方も自分流』『「群れない」生き方』『人間の道理』『老いの道楽』『未完の美学』『夢幻』『天山の小さな春』等多数。

老いの贅沢

二〇二四年五月二〇日　初版印刷
二〇二四年五月三〇日　初版発行

著　者　曾野綾子

発行者　小野寺優
発行所　株式会社河出書房新社
〒一六二-八五四四
東京都新宿区東五軒町二-一三
電話　〇三-三四〇四-一二〇一（営業）
〇三-三四〇四-八六一一（編集）
https://www.kawade.co.jp/

印刷・製本　中央精版印刷株式会社

Printed in Japan　ISBN978-4-309-03183-5
落丁本・乱丁本はお取り替えいたします。